帰帆

辻田克巳句集

邑書林

句集　帰帆＊目次

句集 帰帆

平成十八年

読初に昔々の「草枕」

若き日の溜り場冬のパブ「ますだ」

仁孝帝胞衣塚とあり春氷

庭芝を焼く扮装《いでたち》の尉と姥

浪花の春水上バスというて船

改修の重機ゐて大雪解川

雛の部屋爺も入つてよろしいか

来る風も来る風も草芳しや

卒業の少年へ犬蓦ら

春霜注意報をラジオは繰返す

春休老にも海の如き日々

沙翁学泰斗旧邸春の雲

筒川の潺々たるに花筏
聞くたびに頷く婆や四月尽
海風や万端宥すかに長閑

斥候の蟻に大きな調理室

ブライダル・ピンクの寝顔夜の薔薇

茶どころまた雷どころ雨の宇治

濃く一つ皐月の月や県《あがた》の夜

万緑が最も美形嵐山

夏霧に大三角の鶴見岳

蛍文字草書の恋を交はし合ふ

飛込んで冷房浄土理髪店

祇園会の菓子の「うちは」の色・容

妻の不機嫌冷蔵庫閉づる音

先生に耳を擲たれし夏ありき

酢で食べるなどと東や心太

ヒトナミニオゴレとルートソーダ水

掃苔のみなゐなくなり木に鴉

板の間に南瓜を置いてどつこいしよ

白桃の七つ千円とは浪花

昔噺に栗そして蜂に臼

墓石じやないと碁石先生笑ひし秋

喜撰山大いなる月昇らしぬ

荒れ地には荒れ地の丈のゐのこぐさ

活字にも飢ゑし戦後や秋渇

うそ寒を冒頭にして案内状

庭芭老いて一人になり給ひ

朝寒や牛乳《ミルク》は咬んで飲むべしと

こんなもの欲しいのですか烏瓜

池水は水鏡秋天は空鏡

大根の無人販売とは気楽

翁忌の筆硯忸怩たるばかり

泥鰌掘とかく外道のすることは

種屋タネゲン冬向きの花百種

冬芒頻《しき》靡きして荒ぶ国

落葉掻き集め焚くべくしてありぬ

ひととせといふ光陰や十二月

破障子立てててうたての世を隔つ

砂糖・塩・酢・醬油・味噌や妻の師走

極月の速達といふ狼狽事《あはてごと》

逢坂の関越え来たる年忘れ

天幕《テント》張り焚火し池を守る人ら

数へ日にしあれば夜も来て御用聞

溝へ塵落とさぬやうに掃納

平成十九年

会釈して初詣びと里《さと》曲《わ》びと

人日の踏切の堰く生徒達

鼻尖の雪片に気がつかぬ老

みどりごの初蹟きもめでたとな

高の安定寒中の尿酸値

探梅の里行軍の昔あり

つくばひの水の的皪たる寒さ

三代の矜持石川達三忌

ぶらんこに片足老の遊び乗り

ＦＡＸで来し上春の旅便り

胃カメラが抜かれてみれば外は春

こどもらに放課後といふ春の午後

暁の膳所は縹《はなだ》や蜆舟

土筆誰の子泣いてては判らない

教育大キャンパス広し竹の秋

工房でギャラリイで店シクラメン

風立てば阿修羅の舞や雪柳

春風の襟につめたき病み上り

雨に咲く桜の律気また健気《けなげ》
燕来て銀座に戦後始まりし
春北斗来られなかつた人のこと

閑居して小人根切虫潰す

憲法の記念日足で足洗ふ

目くるめくもの吊橋の新樹谷

ほととぎす狛《こま》八景の一の寺

梅雨の月頃《けい》日《じつ》晩くなる帰宅

苺紅《くれなゐ》新婚の息《そく》夫婦

十は多いか家苞の葛饅頭

夜濯ぎや初月給の頃のこと

鉾の胴懸の絵柄は「創世記」

雨脚のピッチカートや鉾囃子

鉾柱たてよこななめ縄二十重

鉾拝観ていねいに傘たたみ置き

市政百年峰雲の巓頂照り　弓亜

男の児生る亥年の土用丑の日に　鞍馬

卓ぎしと秋暑戦争展示品

秋旱天狗みくじに凶と出て

露けさに覚め静塔の宇都宮

秋水や狐と露顕《ば》れし物語

秋の蜂びんづる様の目の彼方
偈にも去ること秋風の来ては去り
禅庭に一老鳩を吹きゐたり

瀬を早み川上りだす下り簗

蚯蚓鳴くなへに切なく妻不孝

糸瓜忌のこの暑を悕へぬきし子規か

運動会紅白のなほ一点差

禅林の裏爽涼の鷹ヶ峯

栗菓子をマロン・グラッセとぞ申す

宗純の視線の先の草の露

身の秋を重かる石で測りけり

新松子誰と分からぬ遠会釈

保津の晩秋列車にて戻る舸子

入鹿馬子の世を遠み明日香枯る

マラ石といへりぶつきら棒な冬

名の沢の点描の枯れ杜若

風邪声のひりひり受話器通り来る

妻が誕辰柊の花いくつ

筆債といふ語もありて年の暮

人はいさ七十六回目の冬至

ゴーガンのタッチの女クリスマス

町家なむうなぎのねどこ畳替

太地《たいぢ》の冬今日も生活《たつき》の捕鯨すや

平成二十年

爺婆に初湯の児《やや》の眩しさよ

人日の人並みにもの判る猫

賀状斯く墨書を通す心組み

六条は軒でつながる寒の雨

炬燵出し穴としよりの蛻《もぬけ》穴

旧正の雅ことばの遺る里

てんぷらの衣こごみのうすみどり

涅槃図の釈迦金色の北枕

国叱る言葉ひとこと涅槃僧

梅ひらく天神さまの紋どほり

植物園サンドイッチは子らの春

網棚のアタッシュケース西東忌

四月四日をわたぬきと訓む姓あり

八寸の九谷や喜寿の桜鯛

囀や臨済宗の松の寺

眠る子の夢路となりし花の雲

鳶の笛薇摘みの上にくる

花人の和歌山ことば死を悼む

歳月のかく古びゆく花の塵

厨より朝寝知らずの音は妻

竹秋の藪みち昼も暗き嵯峨

蠅叩後期高齢者といはれ
夜蛙のひとつ変梃りんに鳴く
のれんはも朱夏の沖浪裏の不二

お運びの畳擦りゆく夏料理

蛾の翅を曳く男力の蟻力

涼風となり神宇治を見そなはす

みどり深くて神木の下寧し

反戦へ腐草蛍になどならず

商店の絵団扇の絵も嵐山

酢のものも冷えて桜宿膳といふ

ばか犬の痼癪吠えも熱帯夜

グランドの秋暑ローラーもて均らす

空蟬を幹に戻してやる男

初盆の土肥家電話には聟

秋薊こそ高原の標《しるべ》花

足利学校鶏が鳴く芋畠

秋鯖も嫁に食はすなともいふぞ

くわりんの実木にとりついて生る如し

尾花蛸この春入れし歯の工合

杉茸と申し吉野の翁より

霧雫投函に出しのみの眉

鬼貫とのみ大書せり露の塚

廃寺後の百年坊の秋ひそか

後醍醐帝襲ひしそぞろ寒ならむ

秋冷の笠置急峻石の道

秋曇四天王寺の昼の鐘

踏切のかんかん永き稲雀

昼の虫工事中止の小経緯《いきさつ》

大へんを口癖に妻栗を剝く

秋深く夕影長く人帰る

注がれけり柚子酒といふ食前酒

団欒の〆ふつくらと茸飯

内の極楽蓑虫の絹褥

冬の跫音軒雫ほたりほたり

七十年前の少年七五三

粕汁やとしより「殺す」政《まつりごと》

醤油一滴新海苔の温ごはん

近江富士抓んで置けば冬が来る

湯ざめせぬやう五十まで子よ数へよ

冬の柿青空といふ舞台後壁《ホリゾント》

ぎらぎらと炉挿しの肝のあぶらあせ

年の暮電光ニュース訃を報ず

忘年の二次会椅子の足らぬパブ

煤掃や息《そく》の長髄彦頼り

繊月は不吉といへり除夜の鐘

平成二十一年

明方の富正月といひて雨

児《やや》が来て老の正月かきまはす

「美しく碧きドナウ」や老の春

寒雀四条通の須臾の隙

禅苑をぬけ出てみれば本戎

教へ子も古稀となりたる賀状なり

寒梅の一鉢微意として届く

寒明へ買物用の小曳車《カート》

湖西線沿ひ残雪の屏風岳

セールにて貰ひし春の風邪かとも

子供汽車温室風の春の駅

船通るとき橋回り春回る

蕗味噌とアスパラガスを苞にせり

天金の逍遥訳に春の塵

突如喀血如月のあの頃よ

初めての踏青稚《やや》におろす沓

和鋏に母の名「てい」や雛祭

春雷となり久米仙人落ち来たる

花疲帰りも長い長い橋

京の曇天風船の逃げて行く

囀の共鳴函となり礼拝堂《チャペル》

花愛づる感嘆詞らし中国語

寒冷沙裏みに摘みを待つ茶山

洗剤の泡となりつつ春は行く

母の日の母の小さな貯金箱

はや軒をお喋り燕主婦の朝

さんざめく昼餉茶園の摘子衆

水汲んで汗して妻や母そつくり

夏帽は妻なり上りホームにゐる

坊　二　十　大　萬　福　寺　青　嵐

夏至祭の白夜をテレビ中継す

夜の秋ペギー葉山の頃のジャズ

ごきぶりにホイホイと毒盛る妻よ

男女起ち土払ひ蟻払ひ合ふ

祇園「米《よね》」月下美人酒とて淡き

薩摩上布に俳人の男立

恋の争奪あめんぼもなかなかやる

六代目の「らくだ」で払ふ梅雨の鬱

裸同然誌を宰し句を閲す

食甚や土用四郎の昼つ方

円山の音楽堂の夜涼かな

青柿や愚を自称して僧慈円

甘露忌の朝花剪つて挿す妻よ

爺莫迦は二歳の汗疹さへ可愛

鱧鮨や季語を食ふ会百回目

桐原と名の千年の苔清水

底紅や嵯峨を歩くといふ心

秋曇妻がぼそりと聟のこと

手花火は初めての子にしだれやなぎ

ままごとのおしろい花のかやくめし

柿の秋翁を二宿させし家

秋寒の指添へて読む母の癖

今はもう琴も教へず木槿垣

また奴の夜長電話の凭れごと

擲つ石の八艘跳びや水の秋

秋祭団子溺るるほどの蜜

朝寒の指起こし書くひとの評

秋晴をたたふマイクのテスト中

ここは四拍手秋冷の縁結び

注連の五丈ややくもたつ豊の秋

詩ごころの幸はふ国や須磨の秋

冬も涸れざる白川の堰の滝

鯛焼を頬張る若き人羨し

森の都仙台はもう雪といふ
川を越え越え返されて冬の道
こたつ出て端書一枚出しにゆく

二階より階下の昏き冬至かな

ちやぽちやぽと音お隣も柚子湯らし

数へ日の息の暴力的洗車

瓶に挿されし千両の器量かな

平成二十二年

足探りして湯婆にとどく趾《ゆび》

二月公演落城の絵看板

目が行きぬ冴返る日の訃報欄

下校児のさざめき唄も早春譜
菠薐草幼なに「薟《ゑぐ》」の語彙あらず
傲慢を偈にいましめて春の寺

改修に川濁りつつ温みつつ

下萌に脚を突刺し測量機

種袋には明色の野菜の絵

むかし小夜福子菫の宝塚
昏れてゆく醍醐桜に来合はせし
しらかはよふね春昼の車中びと

また例の女に遭ひぬ春の夢

春愁のせゐにしておく物忘れ

ぎしぎしの花に見向きもせぬ人ら

松本

ロビー満ち満つ御柱祭衆

薄暑の汗腕拭ひして青年は

豆ごはん御汁《つゆ》は熱いめがよろし

老の肘さむくてならぬ夏の雨

柚子一枝亀岡駅の厠花

初恋の不首尾も今は麦の秋

モノクロの町明易に音もなし

ほのと縹や紫陽花の色起こし

梅雨畳みしみしと妻近づき来

千曲川旅情の歌の夏暖簾

出目金のくせにといへば妻笑ふ

草取の老も八幡さま氏子

みつ豆や刻々ひらく開票差
梅雨永きことを幼も口にせる
おしろいやいとこ同士でよく遊ぶ

対向車後着先発夏の果

ゆく夏を泳がせられて泳ぐ犬

蟬声熄み一瞬男女振り仰ぐ

こんなこと位で泣くな原爆忌

山荘を囲《ゐ》繞《ねう》蜩狂詩曲

盆花もなくただ「寂」と谷崎は

八月は講座・父の忌・旅・個展

椅子よりは座がいいと言ひ生御魂

夕刊が届き八月果てむとす

ちちははの二百十日と怖れし日

看板古り「みすや御はり」の秋古りず

信長に十日の菊の供へあり

まん丸や銀《しろがね》萱《がや》に昇る月

翩翻と百万石の秋の晴

まこと金沢秋日和秋時雨

露霜の出勤族の靴の音

肺炎と告《の》らして医師の口寒げ

こころもち辛く冷たき患者食

寒けれど病者にのどかなるおなら

昼からは山茶花に日の当たる庭

マフラーの真《ま》緒《すほ》の芯に君が貌

小流れのSや枯葉をS運び

水鳥の方も此方を見てゐたり

星一つ点して帰る焼藷屋

寒林を郵便の矢の赤バイク

手を擦つて女寒いと小さく言ふ

蕪村忌の西に水晶色の星

小屋ほどの荷の着く家や年の果

平成二十三年

めでたきは千本鳥居初稲荷

福てふは草の断片七日粥

空からも寒さ降りくる日なりけり

雪掻へごくらうに様つけていふ

春菊を花として妻瓶に挿す

踏青に国旗弁当てふむかし

小田蛙くらがりの恋八百万《やほよろづ》

ぶらんこを漕ぐはメデューサ媛童女

陸揚の済みし日差に遅桜

花粉症嫁御泣かせてをりにけり

クールビズとや公の夏着なり

夏ぶとん寝落ちるまでの拠

甲冑の某の名は源五郎

蚊のこゑはG線上のアリアなる

青嵐矢《や》橋《ばせ》の帰帆吹き送る

泉辺に盛装の蝶来てゐたり

グッピーといふこまごまとものの数

東京に来て片蔭の端歩く

暑気払ひちびりちびりと愚管抄

腰掛けて待つや乗換駅晩夏

秋口の帚目濡らし初めし雨

横《よ》川《かは》へは杣の十丁法師蟬

小いわしの一疋づつや古夫婦

放課後の蛇口横向く秋旱

爽やかや洗顔あとの目鼻口

秋彼岸サイレン鳴つて十一時

劣等意識《コンプレックス》ひた走る後の月

行秋のがらくたに混ぜ服も売る

年少のゆり・もも組の聖夜劇

誰よりも嫁美しく餅丸める

平成二十四年

カーテンの裾抉《こ》じ入れり初日影

曳杖を兼ね裏道を初詣

その人の起居に鈴鳴る初句会

七日粥椀のあたたかきも薬

はねつきや若きに伍すといふことは

寒の入「雪やこんこ」の灯油売

一亭の格寒中も水を打つ

「お化けします」と節分美容室ジュネス

残る歯で節分の豆ゆつくり噛む

二の午の合格祈願初穂料

料峭の句碑の誓子に久しぶり

斎田に降り立ち黒き春鴉

三月や帽子の小洒落老もして

音もなく降る傷心の春の雨

放下さながら少年の鞦韆は

海栗水に黒く見えしに濃紫

犬の見上ぐる花の空うはの空

夜も長閑三方一両損の噺

こどもの日稚の元気を股挟み

柏餅さうか来年は学校か

新茶滴々ゆつくりと旅行譚

末世とは知る由もなく働く蟻

小満や明治の父の廣辭林

麨や哽《む》せるにも老力要る

七月の簡単レシピ料理本

向日葵はその名の保育園の花

梅雨明の水より豆腐救ひ出す

行人も手にせり祇園会の団扇

祇園会を歩き二人の巴里祭

からくり鉾蟷螂が児を泣き止ます

師の忌修して夜の秋また一つ

頰杖は五歳の晩夏かもしれず

大花火遅れてどんと鳴つて咲く

新涼の朝の洗面台白し

秋の声葉音水音子らのこゑ

爽秋のパーサー通る自由席

小学校置き去りにして去ぬ燕

露店百提灯百や秋祭

秋祭酒の伏見の宵心地

老は何見ても泪や運動会

寝むとして更待をもういちど見る

ホットコーヒーもとは神嘗祭の今日

木犀やむかしその名の三号誌

妻老いゆく柿の季には柿を剝き

寒風に微塵も弛みなきサッシ

「祝融」と義秀に学ぶ火事のこと

おでん熱々ピタゴラスソクラテス

句集 帰帆＊畢

あとがき

『明眸』にはじまり、『オペ記』（俳人協会新人賞）・『頰杖』・『昼寝』・『幡』・『焦螟』・『稗史』・『ナルキッソス』・『春のこゑ』（俳人協会賞）に続く第十句集『帰帆』である。相も変らぬ駄句の行列に過ぎず恥かしく申し訳ないが仕方がない。これでも、ない力をふり絞って選句したつもりである。「俳句は詩」とだけいって「詩」をひと言でいえてないのも気懸かりだけれど。

表題の『帰帆』は、何となく音が気に入ったので用いた。作品の中味とは何ら関係がない。しかしそういえば私めももう人生の帰りみちである。

平成三十年七月

辻田克巳

辻田克巳 つじた かつみ

昭和六年三月二十八日、京都市生まれ。

昭和三十二年、秋元不死男、山口誓子に師事。

「氷海」で「氷海賞」「星恋賞」を、「天狼」で「コロナ賞」を受賞。

句集に『明眸』『オペ記』『頬杖』『幡』『昼寝』『焦螟』『稗史』『ナルキソス』『春のこゑ』があり、

『オペ記』で第四回俳人協会新人賞、

『幡』で第一回宇治市紫式部市民文化賞、

『春のこゑ』で第五十一回俳人協会賞を受賞。

文化庁より平成二十七年度地域文化功労者表彰を受ける。

著書は他に『自註現代俳句シリーズ辻田克巳集』『同シリーズ続編辻田克巳集』『現代俳句文庫辻田克巳句集』
『花神現代俳句辻田克巳』および『隻句断章 俳句の作り手として』、
また共著に『新しい素材と発想』『誓子俳句365日』『名所で詠む京都歳時記』など。
平成二年六月より、「幡」主宰。
俳人協会顧問、京都俳句作家協会会長、大阪俳人クラブ名誉会員、
日本文芸家協会会員、朝日新聞京都俳壇選者。

現住所　611-0002　京都府宇治市木幡南山70-12

句集　帰帆《きはん》

著　者＊辻田克巳 ©
発行日＊平成三十年十月三十日
発行人＊島田牙城
発行所＊邑書林《ゆうしょりん》
661-0033　兵庫県尼崎市南武庫之荘3-32-1-201
Tel　〇六（六四二三）七八一九
Fax　〇六（六四二三）七八一八
郵便振替　〇〇一〇〇-三-五五八三二
younohon@fancy.ocn.ne.jp
http://youshorinshop.com
印刷・製本所＊モリモト印刷株式会社
用　紙＊株式会社三村洋紙店
定　価＊本体二八〇〇円プラス税
図書コード＊ISBN978-4-89709-873-9